詩集
バース
Verse

山田にしこ

風詠社

装画　山田にしこ
装幀　2DAY

Ⅰ．バース

目次

あかいとり　6
葦ノ原　12
かわらないおもい　16
りん粉　20
白鷺（しらさぎ）　23
いま、ここにいるということ　25
緑の海原　27
そぼ降る雨　30
知恵の輪　35
無花果　37
Ｉｆ・・・　41
大陸の小さな岸辺によせて　44
こんな小さな・・　50

裸の木　54
目に見えない戦い　58
車軸の雨　60
今はどうしても　62
ウエーブ　64
バースー心のささえ　68
新たな岸辺へと　72
二十一世紀の鉄塔　74
時代を超えたエア・メール　77
令和という時代　83
あとがき　86

あかいとり

こどもの童謡に
白秋の「あかいとり」がある

あかいとり　ことり
なぜなぜ　あかい
あかい実をたべた
しろいとり　ことり
なぜなぜ　しろい
しろい実をたべた
あおいとり　ことり
なぜなぜ　あおい

あおい実をたべた

百年前の
戦争と貧困の時代に
すなおに　こどもたちに受け入れられた
「あかいとり」
あかい実は　なあに
しろい実は　なあに
あおい実は　なあにいって
こどもたちは　たずねたのか
大人が戦争と飢えの前線にいる頃
だれから教われたのか

半農のわが家は
柿　無花果　栗　みかんの果樹に疎く

米　じゃが芋玉葱人参　葉野菜を作る
自給自足の暮らしのなかで
学校の音楽の唱歌に
好奇心は溢れ
ことりは雀
雀の餌は米
チュンチュン鳴きながら
脱穀した後の
田んぼにこぼれた米をつつく姿が
活きた教本

あかい実は　母屋のごんび
しろい実は　田んぼの米粒
あおい実は　裏の野ブドウ

あかい実をたべたことりは
目が赤く
しろい実をたべたことりは
羽が白く
あおい実をたべたことりは
嘴が青い
それから　どうなったの
およその実を
こっそり食べて
どこぞで野垂れ死にした

マザー・グースの
ハンプティ　ダンプティの
謎解き童謡みたいに

あかいとり

なぞなぞがなぞをつなぎ
未知の世界を
ことばの翼で拡げていく

今は
パソコンの駅に
赤・白・青のコトリが止まる

百年前のことり
五十年前のことり
令和のコトリ

近代と現代が交差する
ことり

あかいとり

グローバルの世界で
簡単につながる

唄が生まれた時代を
誰も知らない世代が
歴史の内側もわからない者同士つながる

葦ノ原

夏の風物詩のように
白鷺の子が
湖沼で戯れる

時間の余白に
ふっつりと
現れた現実の姿

葦ノ原は天然の荒れ地の代名詞で
大阪の工業地帯に
手つかずにある荒地

高度成長期の
文明と隔たる社会風物詩を
労働者の目線から鋭くうたう詩を
鋼鉄の工場の内から
見晴るかす天然の力強さを
そこから展望する未来というものの
ふがいなさを予見するような
逞しい応援歌

人知の手に染まる産業化の流れに
反芻する副産物の害に
歯止めが効かない社会の中で
一度とどまり
変貌してゆかんとするものの正体を確かめる
作者の目が

葦ノ原に重なる

氾濫を繰り返す河川工事に
人工的に変えられた流路の
傍らに設けられた
貯水池は
清流の流れが塞がれ
水草や藻の繁殖に
池底《いけぞこ》が土砂に埋もれ
今にも泥状化しそう

水草や藻に生息する生き物と
わずかに水面を漂う
白鷺の子が

自分の足で
泥濘にはまることなく
生き物を喰み（はみ）
歩く姿は
いまの時代のなかを
生き抜くありようを
ありのままに写し出してくれる

かわらないおもい

おしろいの匂いの残る
漆喰の白壁に
続く長い簀の子の廊下を
ぱたぱた走る
急な傾斜に
振り落とされそう　でも
段差をあがる
歯を食いしばりながら

回廊は迷路のように
どこまでも長く

五層七階の大天守閣は
偉い人しか上がれない
って

幼稚園児やちいさな小学生のこどもが
上がる所じゃない
城壁は忍者でも登りきれない
急傾斜で落下する
って

遠足の行き先は
きまって白鷺のお城
こどものスリッパが足りなくて
大人のスリッパを履くと

いつのまにか片一方が
どこかで行き方知らず
お城の迷路は今の居場所を教えてくれない

それでも
中学　高校　社会人になると
高い段差を難なく上り
行き先は大天守閣から
ずっと見晴るかす
瀬戸内の海を超え
はるかに
異国へと変わってゆく

おしろいの匂いの残る

千姫御殿の
漆喰の白壁は
一点のくもりもなく
美しい

白鷺のお城の翼のように

りん粉

菜の花の蜜を吸う
モンシロチョウの
うしろから
そっと
しのびより
すっと
羽をつかむ

飛び立てないチョウは
頭と手足　お腹をくねらせる
密どきは

わくわくする子に
わからない

「ちょうちょ　つかまえた」
畝を作る母親の背から
―かわいそ　だから　はなしておやり―
ひとことで
野にかえす

おしろいのような
りん粉が

子の指に
残る

白鷺（しらさぎ）

白鷺が
清流で
翼をすぼめて
くちばしで水を食む

その姿
白木蓮（はくもくれん）の蕾に似て

朝の静けさに
潔さを
写す

いま、ここにいるということ

白鷺舞う城も
水田に戯れる白鷺の舞も
爽やかな風に波打つ苗の囁きも
いまは懐かしい
古里の便り

しろかきをする農夫の背中が
農繁期の黄金の稲穂を
心待ちするように
躍動感に満ちるとき
燕は巣作りに忙しい

里ごころつく風物詩は
国道の騒音でかき消される
老若男女こぞって
雑踏のなか

緑の海原

ベンガルタイガーの生息地
マングローブの湖沼地
シュンドルボンの森を
舟に揺られ

森を
くぐり抜けた先に
豊かな青々とする水稲が
熱風にじりじり揺れ

故郷の陸へと繋がるように

稲の河に
頭《こうべ》をしたたらす
穂は
波のまにまに
金色の恵みをつけている

タゴールの美しい調べが
母国の
秋の実りを謳う

ここは
異国の
農繁期前の風情である

が・・・

そぼ降る雨

母国の季節は四季
春は芽吹きの季
夏は真っ青な空に蝉時雨
秋は空の蒼が気高い
冬は始終お籠もりで詩を書く

母国の四季は明確に
季節に心の彩りを愉しめる

異国に立ちあい
四季のない国の事情を

ほんの少しだけ
心に感じ取る

乾季に雨季
ふたつの季節は真逆に
真っ逆さまの心を映す

乾季は肌まで真白くなり
汗すら蒸発し
水がひたすら恋しい
干上がる低地に
降り積もる塵埃に
家畜の排泄物に
群がる蠅に
嗚咽をもよおす悪臭

口唇すらも亀裂する
生水に手が伸びるが
黄色い川面は
赤痢とコレラの下痢が忍び寄り
生唾を何度も嚥下する
ボイルした水道水を頂けるだけで
生きた心地になる

雨季は雨が降り続き
やむことが無い
どんな水でもと望んだ乾季を
忘れてしまうほど
ひたすらに降る
低地は瞬く間に池や沼になり
家畜の水飲み場や体を洗う銭湯のよう

泥遊びには事欠かないが
傘がない
洗濯しても干し場がない
バナナや竹の家は浸水し
毎日を雨水に浮かんで暮らす
洪水が来ると
何もかもが流される

そぼ降る雨は
誰にも止められない

近隣国のダムの水の放流で益々
洪水量は増え
国は水没する

あちこちが不協和音のままに
異国の存在が
母国のなかで
フラッシュバックする

つ　な　み

知恵の輪

一本で
前後左右、あるいは真っ直ぐに
どこへでも飛びはねていける
振り子に

付属や付随するものが付着すると
簡単に出来ていた事が
湾曲し　螺旋になり
時にはキュービックな絡みで
解きほぐせない迷路となる

まるで蜘蛛の巣みたいに
規則的に一方向を向く訳でもなく
幾重にも重なり
輪になり
ほどけない

もとは一本のはずが

無花果

宝石のように高価な
石榴を
毎日食べたいとは思わない

築五十有余年の古民家の
裏手の
ふさふさと実る
無花果を
無性に食べたいと思う

母が

赤紫の嚢を
こっそり食べているのを見たことがある
柔らかさと甘みが丁度良い加減に調和し
子に食べさせるにはもったいないと・・
照れ笑いし

いつだったか、
黄緑の実をもぐと
枝から白くねばこい汁が出て
こっそりかじってもみたが
苦さが舌にぴりぴりし
少しも甘みがない

母は大好物だというが
わたしは大好物を欲しくないと思った

子どもを授かり
無花果が店に出ても
手に取る事がなかった

幾年月の後
無花果が古代からの果物として
雌株の嚢が熟れた果実になり
花々は内包され
凝縮された栄養が
女性にとって
満点の果実であると知る

初夏の頃
無性に無花果を思う

つぶつぶの種のような花を
舌の上で潰しながら
甘みを喉元に滴らす
至福の時を
無花果がもたらせる

アダムとイヴの神話は
まんざらでもない

Ｉｆ・・・

Ｉｆ
飾り棚に
ちいさな駱駝の黄麻の人形が
無印の籐籠の傍らに
置かれなかったら

亜熱帯の異国を忍ぶことも　なかったろう

Ｉｆ
レギスタン広場の歌会が
星空の下で

開かれなかったら

女性解放の地に思いを馳せることも　なかったろう

Ｉｆ

万里の長城の傾斜する石畳を

炎天下に

登ることがなかったら

内城　外城　城壁の国情を比べあうことも

知らずに

時を

通り過ぎ

疑問符を存外にして

教科書だけが正義であると　右手をかざして　生きていくことも　なかったろう
なにより
あなたとの純愛を
疑いもせず　待ち続けた　わたしが
そこに存在していることすら　なかったろう

Ｉｆ・・・

大陸の小さな岸辺によせて

氷川丸の船内を
父と歩く

戦後間もなく
航海士で海を渡った
父の瞳に　静かな
活力が張った

船室は
観光客で行き交い
見知らぬひとひとで賑わっていた
船舶は重い錨を
横浜港に下ろしたまま
時折の風に揺らぐだけで
外海への航行を止めた

古い海図を紐解くように
先導する父の背中は
足取りから軽やか
通行順路はあっても意味をなさない
海潮の流れを
ひたすらに追って
船を愛おしむ父の

ありのままの笑顔が
船内のあちこちへ舞う

瀬戸内の内海に
日本海の外海にむかい
・・・
太平洋を渡り
ユーラシア大陸の
朝鮮半島に寄港した
あるいはオホーツクを越え
極東のシベリアへ寄せた
数々の思いのかけらは
父の体中から
水蒸気の気体となってあふれ出る

わずかな磯の香りが
父と娘の波間に
同じ刻を生きる者として
漂うひととき
ＤＮＡとでもいおうか・・・

痩身の体格にだぶだぶの軍服姿の父を
服に合わせろーと叱咤された上官や
等位を示す航海士の制服を着熟し
家族より海を愛おしんだ父が
デジャヴィする

海図の読み方を知らない身重の娘に

許されるのは
父の背中を凝視（みつめる）こと

羅針盤の方向指示器が
次の停泊港へ向かっていたとしても
未来の航路が見当たらない
海潮音がひたすらに流れる
ひととき

小さな岸辺に寄りかかる

父が見聞してきた大陸の岸辺を

知らない娘が
まだ見ぬ命を愛おしみながら

こんな小さな・・

土の中に埋められた
根っこ
誰が植えたのか
太古の勇姿は知らないが
二本の山桜

いつかしら
気づいたとき細い枝が
いちにほん
空へ
両手を伸ばすような格好で

蕾を孕む

数十年前まで
白い花びらを道々に舞わす
風情が
安らぎをもたらした老木

賑やかさが
道行く人々の手を煩わせたのか
塩を運ぶ人足や馬の馬鉄の跡型は
朽ち果て
馬頭観音像の慰霊と重なったのか

根幹は切り取られ

根っこは引き抜かれ
除草剤がまかれ
生気も活力も
失われ
朽ちる日が間近だった

黒い裸木は空を見上げなくなり
表層に寄生するツタに深部から
魂を吸い取られ
灰色の裸木は
日差しを欲しがるように
か細く数本の枝を出し
衰退のなかから
蕾が！

こんな小さなこと・・と
思わないで欲しい
命を紡いでいこうとする姿に
生き物の証が
しっかりと宿る

ただ
それだけで
いとおしい

裸の木

アジアにある砂漠地帯の木
オアシスに自生する木
あるいは熱帯の
バナナやジャックフルーツやレイチの木

とも違う

砂利のかたまりのなかでは
自生の根は衰退し
何層にも重なる年輪の
地層そのものに

人の手による作り物のかけらが
刺さる　木

でもない

梅　桜　椚　小楢　栗　の
甘い蜜や実を食べる
小さな蝶やアゲハや昆虫たちと
たわむれる草蛇　イタチ　野ねずみに
メジロ　ヒヨドリ　モズ　シジュウカラの中
鳴き声で季節を教えるウグイスを
一番に待ち受ける　木が

枝葉をもぎ取られ根幹から
伐採され

数十年という年輪をあらわにした

雑木林は
利己主義な人の手で
丸裸だ

野の生き物たちの
交わり合う姿や
活き活きとした鳴き声は
あるがままの姿で守られてきた
今では昔語り

枝葉を無くした木に
生き物たちの生息しなくなった木に
それでも
根が抜かれない木に
蘇生の息吹を吹き込む

だれが
どのように
どうやって生きかえらせるのか

自然への畏敬

目に見えない戦い

独立十三年目の
異国は
夜間外出禁止の
戒厳令下

大陸間の大戦が終結し
平和を享受する
外国人には
幻想の世界の話だと
うそぶく
が

現地で暮らす身は
自らで守る

人として生きている今を
守る権利の行使が
まかり通らない現実

車軸の雨

人の泣き声のような
家畜の遠吠えのような
遠くの滝の怒濤のような

いえ

地べたに
大きな穴を
地底の中心にまで掘り下げるように
鉛の塊よりも重い

粒が
ひとつ　ふたつ
そうして
数限りなく降りそそぐ

腹の底から

今はどうしても

この時代
どんな時代？
嘘が多すぎる時代！
今はこんなに静かに過ごしているのに
静かななかに
うずたかく
集めたくもない
情報がごちゃごちゃとうごめく

ひとつぐらいは積み残していいから
さっさと

荷造りをして
旅立てれば良いのに・・
今はどうしても
動けない

ウエーブ

Ⅰ

蒸した空気
サーキュレーターのない中に
干した生唾の臭さ

南風は吹く

機内から外に歩を出した
途端
赤道直下の太陽の暑さが
頭上を

ジリジリーと照らす
肌に
未開の地の
血のように熱いエネルギーが
容赦なく突き抜ける

まんじりともしない瞳の奥は
大いなる諦観と少しの好奇が
入り交じる顔　顔　顔

タラップを降りる勇気が
心に負荷をかける

―異国人を感じ入る

「何かをしようと思わないで
　人を見てきなさい」
平明な言葉を忘れる一瞬

招かれた客なのか
公務なのか　理詰めに戸惑う一瞬

Ⅱ

シュンドルボンの森
デルタ地帯に生息する稀少動物
マングローブの湖沼に
小舟を揺らす女人
―半紙二枚に描かれた墨絵は
小学生の息子の絵

亜熱帯の景観そのものが
ＤＮＡのように
現出された不可思議に
波動を覚え
一歩も動けない

Ⅲ

異国間学生交流として
大学のボランティアで渡航した国は
母が渡った国

ＤＮＡの理（ことわり）の中で
廻る
命の倫理をおもう

バース－心のささえ

フィョルドは
自分の目で見たことがない
けれど
父の心の目で見ることが出来る

私の心には
いつもの入り江が
銀色の光を携えて
時に亜麻色、あるいは漆黒の闇色に
天変地異の
彩りを波濤のように

漂わせている

そのなかを
漂泊する

前を漂う父、祖父母を
けっして追い越そうとは思わない
その他あまたの
古木や流木に
身体を痛めつけられながら
いまを漂う

人類が誕生した歴史に比べると
なんと浅くて狭い流域なのだろう

およそ四十六億年以上も前の
宇宙空間を漂流する
太陽系の
破壊や分裂や、癒合、離散を
繰り返し繰り返した末の再生、
氷河期と爆発と
地下のマグマの流出で成長を果たす
地球の成長に
漂泊される
人類誕生を思うとき

はしたない考えなど
流木に流される

地球の大自然界に

点のように存在する生物の
進化と共存する
人類という存在は
歴史の浅い存在であるのに
組み込まれたＤＮＡのなかの
意識の神髄は崇高で
未来を
けっして諦めたりはしない

新たな岸辺へと

父が
現世
から
その姿を消して以来
父の後ろ背を追う
私が居る

存在の大きさを
年月を重ねる都度
かみしめる

大陸を思う父の想いが
声となり　詩となる

けれど
そろそろ私は私の岸辺を見つけるために
旅立とう

二十一世紀の鉄塔

充電を忘れたスマホの
画面が
物体として置いてある

毎朝配達の新聞購読を止めて
電波仕掛けの
視覚から入るスマホニュースが主流
の暮らし
黒い画面は
人の声やら呼吸音やら
多種多様な生活音を

拾い
真っ暗な画面を瞬く間に
カラー写真の記事で埋める

気になる見出しで刺激すると
電子記事が「開く」の有料を要求する
エモパー機能の
機械の声が交信する

手足が塞がれても
声紋が正常に作用すれば
会話は出来る

自分の脳内で考える

自主回路が故障しようが
復旧を待たず
リモート機能が補う
能力開発の手段が
主人にお構いなしの暴走をし始めている

今、
電波塔の鉄塔は
歴史の五重塔をも越えて
暮らしの内側から　人を食い潰す

時代を超えたエア・メール

心臓移植の研究が日夜
当たり前の頃に
臨床の治療現場で
メディカルスタッフに混じり
働いていた

山羊の腹部に装着された
補助心臓は
機械的な拍動を秒針に合わせたように
研究室の一室で
生存期日の記録を

一日一日更新しながら刻み

命の尊厳の由来を
体ごとに受け止めた
動物たちは
錨の様な重みと暗がりを内包し
明るい未来への光を
つまりは
人間に
希望という灯を見いだすべく
飼育されていた

人の英知という見えない権限により
生命を奪おうが
医学の進歩という大義で保証されていた時代

声をおし殺す鳴き声に
研究員は日々
鎮魂を込め慰霊しつづけた

千九百八十七年
いわゆる先進国といわれる国の
心臓移植の生存率が七十パーセントを越す
報告を
進歩という命題に据え置いた

時代が次世代の移植医療を求めた時

同僚は仕事を退いた
「命の尊厳を軽んじている」と

時代の流れを堰き止める事など
誰にも出来はしない

何故なら
治療現場がそれを望み
高潔な精神を携える人間の存在がある以上

あれから三十二年の歳月の後
転送されたエア・メールの茶封筒には
オーストリアで開催される

世界の専門家会議の案内書が同封されていた

千九百八十七年の
世界会議で学んだ報告書を
紐解くと
『時間管理：最大級の努力において
人生は自分の前に広がる永久の道である
自分自身の資質を最大限に活かし
一日が生涯だと思って行動しなさい』
十一の教育セッションの中で唯一心に刻む
アフリカにおいてはエイズ患者の拡大が
世界会議で報告された時代

時代を超えたエア・メールに

隠された
医療職にあるべき者の
償いにも
祈りにも
かえられない
言い尽くせない布石

令和という時代

受胎告知の中世の絵画を
デジタル版の全自動カラーの色彩で
鑑賞する

妙な違和感に襲われる

聖堂の天井画や壁画に
時代を生きた有名な画家が
命を吹き込んだ画

何百年も経た後世の

人工知能で蘇るなんて

わたしはまだ
イリョウの片隅の方で
教科書を抱えて
悪戦苦闘する日々
この温度差の正体はなんだろう

生きてもいない時代の歴史的絵画を
さも簡単に
皿の上にのせてしまう
実態の無さ
味わいの妙味が
どこをさまよい流離えば良いのか
自分の素足が感じ取る地べたが

現実に居る地べたであるという証を
誰が証明できよう

未知の世界の幕開けが
対ウイルス　対人工知能
元号の変化は一足飛びに
わたしたちの肯定するものを
否定や過去へと簡単に放り投げてしまう
違和感の中では
息苦しさや生きづらさしか感じない

あとがき

第四詩集「淵瀬」では、轍（わだち）を主軸において綴りました。

第五詩集「バースVerse」では、自らが常々問い続ける詩行『Verse』に焦点をあてています。

私にとりまして、詩は物心ついた頃より、私自身を自省する身近な存在でした。

今、時代を取り巻く環境は、国を問わず、私たちの暮らしの中に、大なり小なり影響を与えています。いろんな視点から『Verse』として表出したものを、ここに詩集として綴ってみました。

第五詩集発行にあたり、風詠社の皆様に御尽力頂きました。厚く感謝とお礼を申し上げます。

令和五年

筆者

山田　にしこ（やまだ　にしこ）

1959年　兵庫県姫路市に出生
自作作品
2019年　「詩集 鉄格子」「えほん ヴィボーレの森」
　　　　「詩集 こころの窓を開けてごらん」
2020年　「詩集 砂の都 風の民」
　　　　「ぬりええほん おねえちゃんになったよ」
2021年　「詩集 淵瀬」
2022年　「創作童話 The story of the forest」
　　　　「幼児向け絵本 おねえちゃんになったよ」
2023年　「創作童話 サナの大冒険」
現在　神奈川県藤沢市在住

詩集 バース Verse

2023年9月24日　第1刷発行

著　者　山田にしこ
発行人　大杉　剛
発行所　株式会社 風詠社
〒553-0001　大阪市福島区海老江5-2-2
大拓ビル5 - 7階
TEL 06（6136）8657　https://fueisha.com/
発売元　株式会社 星雲社
（共同出版社・流通責任出版社）
〒112-0005　東京都文京区水道1-3-30
TEL 03（3868）3275
印刷・製本　小野高速印刷株式会社

ISBN978-4-434-32762-9 C0092

乱丁・落丁本は風詠社宛にお送りください。お取り替えいたします。

II. Verse

Contents

Rain 〈3〉
Banana Tree Banana Fruit 〈4〉
Honor 〈6〉
Cow Face 〈8〉
Hourglass 〈10〉
October 〈12〉
Year after year 〈14〉
The Thoughts of a Sea Navigator 〈15〉
Folk art forehead 〈17〉
Hands on hand 〈18〉
Beyond the older generations 〈21〉
Too much without my foresight 〈23〉
Fudo-no-Sato 〈25〉
Violation of the law 〈27〉
Rose 〈29〉

Rain

Kawazu Sakura　opens up
Somei Yoshino's cherry blossoms blooms
Before
A dark day
At the beginning of the Reiwa　Reflecting the times

Ruminating
History
A day of that　Overlap

Daytime
Sky
Starry sky full of points Change
To anyone　cannot

- The Sky Heartless Rain　rain　rain rain・・・

Banana Tree Banana Fruit

Small on the branches
Monkey Banana's
Lush fruit
Got a lot

Tropical bananas
What can be planted in the garden tree of the Japan is for viewing

The leaves are unique
There are slits in some places in a large ellipse.
Supple and soft

In the subtropics
Squall's umbrella
Children need to use of banana leaves
Holding it above their head
Because beat the rain from the sky

Waterproof, On the roof of the house

Used for wrapping dishes
Leaves of many uses are
More demand than real

Yellow
Before chewing on the ripe fruit
Lush
Children devouring hard fruits

Remain barefoot
The children who run around on the ground
Even on sunny days　Even on rainy days
Living in a life that does not change
survive

I want to make them eat sweet fruit

Honor

Live
No frills, no falsehoods.
Heart roots
In a few words,
When you get

This is also
Accept it with open mind

Causes, etc.
Never mind
When you call

This is also
Calm and easy
Receive

My Existence
For My Life
I got

Father　mother
Because of its existence

Thank you from the bottom of my heart

Poetry · "Fuchise"
I'd like to have a real heart to heart
with my mother.
And so · · ·
My mother wants to read "Fuchise" again.
and again.

Cow Face

In a white piece of drawing paper
My father had drawn a picture
Cow face

After the end of the war
The reward for working for the country is planting rice
A Return to the Farmer's life

Day in and day out
Meal excretion sleep
Took good care of the cows lively
Becoming a laborer indispensable for rice cultivation
Cows that work hard at the first preparation of a rise
field before planting
Beyond a farm animal
Father's Buddy

Every farmer has at least one cow kept
Get along well with Beko (veal)
Father's

The eyes of the cow that he drew
More than anyone else in the family
lovely

Rustic pencil face
As if
Like my father's self-portrait itself.

Hourglass

For the time being
I'll tell you

You are
What do you think of an hourglass?

A young woman who is single
Without having a biological clock
A time without purpose
While measuring with your own hands
Experiences and adventures that weave love
Sourced from True Love
We created a princess story.

It's an old story born from an unexpected encounter
It is located in the north of Osaka
Nameless Asian flavor
Mysterious souvenirs Crafts were placed
Small antique shop
An old clock that does not work in vintage

Chains are also vintage accessories
That is
Sure... flaxen sand
When you put it in your hand,
Something that overflows with deep affection

For most people
An hourglass that seems to be junk
I continued to cherish it

Even how to get there
Something I never questioned.

It even loves me

October

The national state of emergency has been lifted
A large typhoon
The north window was drenched in heavy rain
Black clouds
Like a shipwreck

Daytime (Hiruhinaka)
No emotion, no movement.
Covering the Sky

The sky that should be high
It's a thought that comes down to just above your head.

Strong north wind
Heavy rain
Thinning out

Placed in the negative legacy of history
Still plagued

Heavy and black rain
Left unattended
Expand sales in nature

The Vagaries of Humanity's Wisdom
As is

For the Unknown Virus Wars
Swap the problem
Weighing the Weight of One Life
We will also change that dignity

Where is the existence of God?

Year after year

National flower chrysanthemum events are held in
various places
In the vacant space of the Himeji Castle Gate one year
Less influenced by historical drama
A large ring of chrysanthemum flowers of twill
Competing for the survival of species so that they may be
Which one has different petal shapes, colors, scents
Delicate and sensitive petals shine
Drifting in the autumn sky

That's exactly what
Cranes live for a thousand years, Turtles live for ten
thousand years old
People who are celebrated for their longevity
Dressed in national costume
Like the Children
Similar to the trajectory of celebrating a thousand years
of age
(Chitose)

The Thoughts of a Sea Navigator

A country of four islands surrounded by the sea
Each island is
A town that expands the sea circuit
So…
Hakodate, Niigata, Yokohama, Kobe, Nagasaki
And …Tokyo
Large and small vessels traveling on domestic and international routes

Most Essential
A ship in the sense of foot that is indispensable for everyday life
Connecting remote islands here and there
So, it is…
Rishiri Island, Rebun Island, Yakushima, Amami Oshima, Okinoerabu Island,
Sado Island, Oshima, Miyake Island, Ogasawara Islands, etc.
There is a fishing port, a tourist island,
Island of Exile, Galapagos Island in the Orient

Leave it to nature without a care

Modeled under the guise of development
Overlooking Tokyo Bay
The landfill is.., In other words, the new frontier is
Doesn't inspire Xing
I don't know why.
But there is one exception
New Frontiers in Kobe
The Future
Embed pioneering images
Because the seasonal cold wind ,named 'Rokko Oroshi'
blows down from Mt.Rokko
When the wind season arrives
(Nada's famous sake becomes delicious ! !)
The whirlpool tide of the Akashi Strait
For ships crossing the strait
Quite naturally
A sea navigator misses his hometown

Changing our lives to the way.. He should be
From the sea to the nest where families gather

Folk art forehead

In a small port city on the Historically important
peninsulas
When my father's ship docked
My father bought crafts
It is a craft that imitates a cherry blossom tree with a
cutout painting superimposed on top of each other
Cherry blossom petals rise to the surface of the sea
Floating cherry blossom color
The petals of the palm are
Not the fantastic cherry blossoms wandering by the
water's edge.
Like seeing by the window of a continent
Reminiscent of a vision

A dish of my father who is proud of nothing
In the living room where the family gathers
Quietly without saying anything
It existed until my father died.

Hands on hand

My hand is
Wrinkle a lot
Stains appropriate for age are also added
I don't wear rings to enjoy fashion.
I use my hands for work
My Hands Have Graduated from Playing

Around the same age
My younger sister's hand is
The joints of the five hands and fingers are raised
Strong, lumpy mother-like hands
As if
A Hand of Testimony to a Lifelong Life at Work
Her hands are
Saving the lives of many patients
Hands that have helped
Younger sister's hand

In Sisters
My sister and I learned how to live because:

It's the way my father and mother lived.

I remember
Father's hand・・・
Hands that remain with the smell of cigarettes
It's big and chunky...
But very delicate hands.
The shape of my father's thumb nails make an oval shape
The shape of my thumb nail as it is
Date Koki's hand
In other words, spend money only on appearances.
Lack of power to live – Words with condescending condescension

My mother's hand is
The Hand of Reality Living
It doesn't look like a woman's hand.
Hands worked for Family
Unable to bear the weight of the luggage carried by the mother herself
One day, a machine dropped one of her fingers.
Seeing my mother's hand up close
It takes courage

Before Us Now
We Have Never Seen It Before.
None of Our Hands
Innocent hands without dirt or blemishes
Appeared

A hand that makes the heart so pure and calm and gentle
We Have Never Seen
A New Hand of Life
Warm up

Beyond the older generations

Kawazu cherry blossoms open their petals on a snowy day
attached to the thin branches of the black trunk of the cherry blossom tree
One or two of the small buds
Innocently
On the Occasion of Valentine's Day
Its petals
Open from 50% to 80% in full bloom
Under the Frozen Sky
Show dark pink flowers

There are people waiting for that flower
When your legs are healthy
People who tell the souvenir story of cherry blossom viewing in February every year
When he is over ninety years of age,
His gait was difficult.
He could no longer go out,
He couldn't see the cherry blossoms anymore.

Kawazu Sakura
Know nothing　Doesn't say anything

Early Spring to Spring
When it comes as a matter of course,
Somei Yoshino's cherry blossoms continue

Now, here it is
Repeated daily scares of unknown viruses
Living as if it existed in a dark tunnel
Changing to a life of hope
Overlaying such thoughts on the cherry blossom tree
I hesitate to write this poem

Too much without my foresight

Poplar trees on the street
Beginning to color
Suddenly,
North Wind
Obviously,
Drop branches and leaves
Like a pre-emption of the season
Breathe

Gingko trees in the park
The fruit ripens and falls to the ground, and a peculiar smell is
Through the mask, irritate the nose

Momiji Dani is
Wearing a bright red cloak
Waiting for winter soon

Ah
Before I can feel it...

Snow child riding the wind
Come

Don't be thankful for the nature tour
Going back and forth in the midst of misinformation
In the vortex of people

Fudo-no-Sato

In the middle of the Nara Basin
There is a tomb from the Ritsurei era surrounded by megaliths
That is
Exists in the middle of a rice field
Evidence that humans have lived since the Jomon period
Many earthenware and clay figurines were unearthed.
Tomb of the Soga clan in the late Kofun period, stone stage

Asuka Village
In the Asuka period
The memory of being governed
Surrounded by megaliths and sealed environment
Takamatsuzuka-Kofun Tumulus

The colors of the murals are
Not corroded by bacteria and mold for many years
Remained
Chinese Divine Beasts Four Gods

Japan Ancient Women's Paintings
The road of the Silk Road that never closes
From continent to small island nation
Flowing continuously
Long as eternity

The place I traveled to in the Showa 50s
For viral infections in the 21st century
Now that the world is panicking
Now I can connect only by phone line
Quite the opposite
Quietly creating a sense of synchronicity

To the Strange
Different from anxiety and fear
A certain time kept alive
The Enjoyment of Survival Wisdom

What is Asuka Village?
It is the field of the essence of the spirit of Japan

Violation of the law

Deep in the soil
A natural way of life
The roots of the tree
Overtly
Appearing on the surface of the earth

For example, the banyan forest of Yakushima

Subtropical
Outperforming the Wind and Rain
Let's live
Living in temperate regions
It extends to the trees of a small park

Why does it have a big impact?
It also affects the westerly winds of the continent
From the Himalayas
Past Kamchatka Peninsula
The wind of the cold air mass that has crossed Okhotsk

Against the Pacific Anticyclone Group
Excessive interference.
Causes also cause artificial wisdom

In the Gap
"Roots"
On blocking phenomenon
Stop the movement itself.
Life itself
Losing the Purpose of Living

Rose

British Style Houseyard Garden
A tall tree of roses
From the vines
The gardener swept away

Next to the terrace is
Shrub alone
Only the left

To the preciousness of the blossoming rose
No matter what
He didn't break his hand.
The rose……
A Shining Rose